GISELDA LAPORTA NICOLELIS

o resgate da esperança

DIÁLOGO

ilustrações
Carlos Edgard Herrero

editora scipione

Gerência editorial
Sâmia Rios

Edição
Maria Cristina Carletti

Preparação
Denise de Almeida

Revisão
Vera Fedschenko,
Lygia M. Benelli Goulart,
Elaine Silveira Raya e
Thiago Barbalho

Coordenação de arte
Maria do Céu Pires Passuello

Programação visual de capa e miolo
Rex Design

Diagramação
Marcos Dorado dos Santos

editora scipione

Avenida das Nações Unidas, 7221

CEP 05425-902 – São Paulo – SP

ATENDIMENTO AO CLIENTE
Tel.: 4003-3061

www.aticascipione.com.br
e-mail: atendimento@aticascipione.com.br

2018
ISBN 978-85-262-8355-8 – AL
ISBN 978-85-262-8356-5 – PR
CAE: 263217 – AL
Cód. do livro CL: 737987
3.ª EDIÇÃO
5.ª impressão

Impressão e acabamento
Edições Loyola

• • •

Ao comprar um livro, você remunera e reconhece o trabalho do autor e de muitos outros profissionais envolvidos na produção e comercialização das obras: editores, revisores, diagramadores, ilustradores, gráficos, divulgadores, distribuidores, livreiros, entre outros.

Ajude-nos a combater a cópia ilegal! Ela gera desemprego, prejudica a difusão da cultura e encarece os livros que você compra.

• • •

Dados Internacionais de Catalogação na Publicação (CIP)
(Câmara Brasileira do Livro, SP, Brasil)

Nicolelis, Giselda Laporta

  O resgate da esperança / Giselda Laporta Nicolelis. – São Paulo: Scipione, 1997. (Série Diálogo)

  1. Literatura infantojuvenil I. Título. II. Série.

97-0025   CDD-028.5

Índices para catálogo sistemático:
1. Literatura infantojuvenil   028.5
2. Literatura juvenil   028.5

*Quando escolhi a selva
para aprender a ser,
folha por folha,
estendi as minhas lições
e aprendi a ser raiz, barro profundo,
terra calada, noite cristalina,
e pouco a pouco mais, toda a selva.*

"O caçador de raízes", Pablo Neruda

Para o povo da floresta – para que lute por ela!

Nos limites do tempo **7**

Capítulo 1 8

Capítulo 2 21

Capítulo 3 25

De volta às origens **27**

Capítulo 4 28

Capítulo 5 40

Capítulo 6 45

Capítulo 7 52

Capítulo 8 57

Capítulo 9 61

Nos limites do tempo...

Capítulo 1

Foi assim:

Uma grande nação indígena vivia tranquila na terra sagrada dos seus ancestrais.

Então, veio o homem branco.

Aos poucos, as aldeias foram sendo destruídas... A nação foi desaparecendo lentamente, tornando-se quase uma lenda. Sobraram apenas alguns índios que vagavam sem rumo, embrenhando-se cada vez mais na floresta, cheios de medo e sem nenhuma esperança.

Na fuga pela mata as crianças atrapalhavam porque choravam muito, atrasando a caminhada. Então, os mais velhos decidiram: dali por diante, nenhuma mulher teria mais filhos. O que fora uma grande nação se extinguiria, lentamente, sem gritos nem sonhos, até o fim...

As mulheres choravam às escondidas o fato de jamais poderem ter filhos. As mais velhas ensinavam às mais moças como fazer isso. Na mata havia muita planta e elas conheciam todos os seus segredos. Não foi difícil. E assim nunca mais um riso de criança alegrou a pequena comunidade, que ia de um lugar para outro, internando-se cada vez mais na floresta.

E teria sido assim, até a morte do último da nação, se não fosse por Thuya, a jovem índia casada com Iawi.

Certo dia Thuya descobriu que estava grávida. E, embora todas as mulheres da aldeia obedecessem às ordens dos mais velhos, ela se revoltou e decidiu que teria o filho.

Foi uma decisão só sua. Não contou nada nem para Iawi, seu marido. Mirou-se no riacho que corria tranquilo e sorriu, embora o medo apertasse o seu coração. O que faria quando sua barriga começasse a crescer? Como se justificaria aos olhos dos outros? Certamente seria punida pela desobediência.

Isso agora não importava. O principal é que teria seu filho pra continuar a grande nação. Por que os outros desistiam tão facilmente da vida? Por que se entregavam à desesperança e ao ódio?

Matcha, sua mãe, nem desconfiou. Era uma índia muito calada, que ralava a cananoa para fazer o beiju e, assim que o sol se punha, ia dormir em sua oca. Muito obediente, achava que a filha era igual. Matcha tinha passado da idade de ter filhos e Thuya, com certeza, jamais desobedeceria uma ordem da tribo.

Mas Naquatcha, a tia velha, era diferente. Foi só bater os olhos em Thuya para saber que a sobrinha estava grávida. Seu coração bateu mais forte. Não disse nada para não trair o grande segredo. Thuya percebeu que ela sabia e teria nela uma amiga. Ela só podia contar com a tia.

Naquatcha era tão velha que seus cabelos já não tinham cor, e suas mãos pareciam galhos de árvores retorcidos. Ainda assim ajudava a fazer a comida e às vezes até ia com as mulheres para a plantação da cananoa. A maior parte do tempo, porém, pitava em seu pito de barro, os olhos para trás, como ela dizia, lembrando tempos mais felizes. O homem branco tinha matado seu marido e seus filhos. Por isso não tivera netos. Só não ficara sozinha por causa da irmã, da sobrinha e agora...

A barriga de Thuya começava a crescer, mas por sorte ninguém ainda notara. Estava tão magra das andanças pela mata... Fazia pouco tempo que haviam parado para fazer ocas. Estavam cansados demais. Só ficariam o tempo necessário para preparar uma plantação de cananoa, colher e, então, partir novamente. Eles não tinham descanso, porque o homem branco estava sempre à espreita, como naquele dia... Thuya era muito pequena, quem contava era sua mãe, Matcha.

Foi na Mata do Café, perto do Rio Carneiro... Os brancos vieram de improviso, e a matança começara... Matcha chorava quando lembrava. Tudo destruído. Mulheres e crianças mortas, uma carnificina tão grande que a nação quase acabou daquela vez. Os que sobraram fugiram para a mata, desesperados, o grande medo pairando sobre eles. Dali por diante, jamais teriam um instante de paz.

Veio então a ordem: ninguém mais teria filhos. Nem as índias mais jovens e saudáveis, que poderiam parir muitas vezes, enchendo de alegria as ocas da aldeia.

Thuya olha Matcha e tem vontade de contar tudo. Que desobedeceu à ordem, que espera uma criança. Mas a mãe, tão medrosa, por certo sairia gritando e chorando por toda a aldeia; diria a verdade para os outros. Eles iriam querer que Thuya matasse o filho antes que ele nascesse. Não, ela não podia correr esse risco.

Porém Naquatcha, a tia velha, sabe. Tem certeza disso. Os olhos de Naquatcha não mentem. Brilham de alegria, há estrelas dentro deles. É como se um astro apagado no céu tornasse a brilhar novamente. No fundo daqueles olhos arde uma brasa de esperança. Ela não teve um neto, mas terá agora através da sobrinha.

Thuya se achega e se aquieta junto à tia velha. Descansa a cabeça no ombro áspero como pedra. A carne sumiu daqueles ossos pontiagudos que magoam a pele. Mesmo assim, da tia velha vem um carinho tão bom e suave que a criança se mexe no ventre de Thuya, parecendo gostar do amoroso contato.

Thuya suspira e se achega mais. Agora é o tempo do mel, da alegria da maternidade. Mais tarde será o tempo do fel, da luta, quem sabe até de muita dor.

A tarde cai suavemente sobre a aldeia... Sonolenta, Thuya pede ao grande deus da floresta que faça a barriga crescer devagarinho como até agora, bem devagarinho, tal qual a mãe lua cresce até virar lua cheia no céu. Mas a criança já mexe dentro do seu ventre, e as outras mulheres da aldeia olham desconfiadas para o seu corpo. Aquela fome de quem alimenta duas criaturas, a cintura engrossando, o passo ficando pesado e, ai, tanta moleza, que Thuya só quer dormir na oca ou no regaço da tia velha...

Foi assim:

A barriga cresceu e despontou redonda, como um sol brilhante que mostra sua luz. Não engana mais ninguém essa barriga bojuda, como a das fêmeas que estão por parir, prenhas, na floresta. Há quanto tempo não se via uma mulher grávida por ali... Mas ninguém duvida, principalmente as índias velhas, que tiveram e criaram filhos, e as índias novas, de ouvir dizer ou pressentir.

Então...

Os murmúrios crescem. Mulheres vêm dizer pra Matcha:
— Tua filha está prenha.
Matcha repuxa mais os olhos negros:
— Está não, ela sabe da ordem.
— Está sim — insistem as mulheres. — É só olhar aquela barriga.

Matcha se arrasta trêmula para fora da oca. Thuya está de pé, curvada, mexendo a pasta de cananoa, na gamela de barro. Matcha sente um soco na boca do estômago. Não é que é verdade mesmo? Sua Thuya está grávida! Como ela não percebera?

As mulheres riem e tagarelam ao seu redor. Não há outro assunto na aldeia: Thuya desobedeceu à ordem, pegou filho, vai ter uma criança...

Do canto onde espanta a solidão e a tristeza, Naquatcha percebe tudo e se levanta de arranco. Chega até a sobrinha que, desprevenida, continua a mexer a pasta para fazer o beiju.

Com a autoridade que lhe dá a força dos anos, Naquatcha diz em voz forte o que todos já sabem:

— Thuya vai ter um filho!

— Não pode, não pode! — grita um índio velho que, à falta de cacique ou pajé, é obedecido por todos.

— Vai ter sim! — grita Naquatcha, e sua voz é áspera.

— Ela vai ter de matar esse filho! — rebate o índio velho. — A ordem é para todas as mulheres da nação. Por que ela pensa que é melhor do que as outras?

Mas a tia velha não se abala:

— Ela vai ter o filho!

— Longe daqui! — determina o índio velho. — Bem longe daqui. E quem quiser que vá com ela.

— Ela desobedeceu à ordem — murmura para si mesma Matcha e seus olhos se enchem de lágrimas, sem saber direito se de tristeza, pela desobediência da filha, ou se de alegria.

De manhã bem cedinho partiram Thuya, Iawi, seu marido, a tia velha Naquatcha e a mãe Matcha, que, por amor à filha, resolveu ir junto.

Foram luas e luas pela mata, sem destino certo. Tinham medo do homem branco e não podiam voltar à aldeia. Para onde iriam?

De noite, quando paravam para dormir, a tia velha Naquatcha contava velhas histórias que seu avô contara para ela e que, por sua vez, ele ouvira do seu avô. De um tempo muito antigo, quando todos viviam felizes, sem medo e na maior fartura...

Foi assim:

"No início era só escuridão...

"Então o deus da luz ficou com pena e criou o sol para iluminar a escuridão. Mas o sol logo cansava e ia dormir; só voltava no dia seguinte.

"O deus da luz, então, fez a lua para brilhar de noite, enquanto o sol dormia. E, ainda não satisfeito, para mostrar todo o seu poder, fez também as estrelas, que brincavam no céu, em volta da lua, para fazer inveja ao sol e assim ele acordar toda manhã.

"Um outro deus – o deus da terra – ficou enciumado e também resolveu mostrar o seu poder. E criou as florestas e matas, e todos os bichos que vivem nelas, de todos os tipos e jeitos, com muitos pássaros coloridos que cantavam antes de o sol nascer.

"Mas havia outro deus, tão poderoso quanto os outros dois: o deus das águas. Ele ficou perdido de inveja e resolveu mostrar também o quanto era poderoso. E criou os grandes rios e os igarapés, e mandou que toda manhã, quando os pássaros começassem a cantar antes de o sol nascer, as plantas se cobrissem de orvalho, para sua demonstração de força e beleza.

"Os três deuses ficaram furiosos, porque um não conseguia ganhar do outro. E brigaram entre si. Foi uma briga muito feia: o deus da luz mandou raios e trovões e apagou o sol e a lua; o da terra fez a terra tremer e abriu buracos enormes; e o deus das águas fez chover por luas e luas, inundando a terra...

"Por muito tempo os três deuses brigaram até que ficaram cansados e resolveram fazer as pazes. O deus da luz então enviou o arco-íris como sinal de aliança. E, para mostrar toda a sua generosidade, mandou que um raio de sol batesse em duas gotas de orvalho que tremulavam uma samambaia gigante; de repente, já não eram mais gotas de orvalho, mas sim um homem e uma mulher, que teriam filhos e herdariam a terra...

"O deus da terra não quis ficar para trás e mandou que as árvores e plantas dessem flores para enfeitar os dois, e muitos frutos e raízes para alimentá-los.

"O deus das águas também resolveu dar seu quinhão e mandou que as águas se enchessem de peixes coloridos, de todos os tamanhos, que também deveriam alimentar o casal. E decidiu que eles não viveriam sem água, e que mesmo o filho deles viveria dentro d'água, no ventre da mãe, até a hora de nascer...

"Os três deuses, então, muito satisfeitos, foram dormir e deixaram todas as maravilhas para que fossem desfrutadas pelos dois eleitos."

Era assim que Naquatcha ouvira de seu avô, que por sua vez ouvira do avô dele, que por sua vez ouvira de seus ancestrais, herdeiros da terra sagrada.

— Tão bonito! — disse Thuya. — É assim que eu vou contar para o meu filho.

— Só que depois veio o homem branco — disse Iawi.

A tia velha suspirou fundo:

— Essa parte da história é muito triste. Primeiro vieram os homens brancos cheios de lanças que cuspiam fogo e levaram os nossos como escravos.

— E eles nunca mais voltaram para suas aldeias — emendou Matcha.

— E depois, tia velha? — perguntou Thuya, os olhos amendoados cheios de tristeza por aqueles parentes que perderam a liberdade.

— Depois foi ainda pior — continuou Naquatcha. — Vieram uns brancos vestidos de negro, como as asas da graúna. Esses queriam mudar a nossa crença. Mostravam dois pedaços de madeira, e sobre eles um homem ensanguentado e triste com mãos e pés furados de espinhos. Diziam que aquele sim era o grande deus, senhor de todas as coisas...

— E vocês aceitaram o grande deus branco? — quis saber Iawi.

A tia velha balançou a cabeça:

— Nós já tínhamos os nossos deuses: o deus da luz, o deus da terra e o deus das águas. Não queríamos o deus dos espinhos. Então expulsamos os brancos vestidos de negro e ficamos com a nossa crença...

— Mas não parou por aí — interrompeu Matcha.

— Não, não parou — disse a tia velha. — Depois vieram outros brancos, cheios de cobiça. Eles queriam as pedras douradas que moravam embaixo de nossas aldeias, ou nas águas dos nossos rios... Para conseguir as pedras douradas eles nos expulsaram da terra sagrada e jogaram veneno nos rios, matando todos os peixes...

— Quanta tristeza! — disse Thuya. — E teve mais?

— Teve — suspirou novamente Naquatcha. — Os brancos que queriam a madeira das velhas árvores para fazer as suas

ocas. E para isso devastaram nossa floresta sagrada, as plantas e roçados, e acabaram nos matando também...

— Eles já vinham matando a gente devagarinho — lamentou-se Matcha. — Era só homem branco chegar e índio ficava jururu, com dor e frio, e acabava morrendo tudo.

— Por que não nos deixaram em paz? — revoltou-se Thuya.

— Não sei — disse a tia velha. — A gente só queria viver em paz, com nossa crença e nossos filhos. Para morrer em paz e ser enterrado nas cavernas dos nossos ancestrais.

— E agora, como vai ser? — insistiu Thuya.

— Agora é como no começo, só escuridão — explicou Naquatcha. — E o deus da luz teve pena. A gente esperou muito tempo por um sinal. O sinal é teu filho. Por isso ele deve nascer de qualquer jeito!

De qualquer jeito? Thuya se enrosca no silêncio da noite em meio à floresta, abraçada a Iawi. O sol há muito já foi dormir, e a lua cheia brilha no céu sobre a mata. O bramido da onça se ouve ao longe, e ela sabe que os grandes jacarés dormem de olhos abertos. Os sapos começam a coaxar, e os pássaros já voltaram aos ninhos. O guaxinim se encolhe na toca, e a grande cobra faz a digestão, enroscada num galho sobre o rio...

A floresta é sua casa, então ela não sente medo. Ninguém ataca por prazer ou cobiça, tudo segue seu curso natural. O animal só mata quando tem fome, e é assim que deve ser, porque foi assim desde o começo dos tempos, como contou a tia velha. Um tempo tão velho e tão feliz, bem longe do homem branco que envenena os rios, devasta a floresta e extermina uma nação inteira...

Thuya dorme e sonha, mas seu sonho vira pesadelo. Ela se vê perseguida pelo homem branco, se esconde desesperada numa caverna. Ela está só, não está mais com Iawi, seu marido, nem Matcha, nem Naquatcha, a tia velha. O homem branco vem vindo com sua lança que cospe fogo, e não há ninguém para defendê-la.

Um grande barulho se ouve nas trevas, Thuya acorda gritando. Iawi a acalma:

— É só o trovão!

A grande chuva cai sobre eles. Thuya se encolhe de frio e medo. De repente, em meio à paz, o deus das águas ficou furioso. Alguma coisa tirou o seu sossego. Acima do topo das árvores entrelaçadas que formam uma cumeeira, a lua se escondeu e não há mais estrelas.

O céu se apagou inteirinho, e só restam os soluços da terra encharcada...

De manhã bem cedo, reiniciaram a caminhada. Como não tinham mesmo destino, resolveram seguir o curso do grande rio.

Iawi aproveitava e pescava alguns peixes de que se alimentavam. E havia frutos e bagas na floresta, e alguma vez encontravam raízes gostosas, até mesmo a cananoa. Mas não tinham tempo nem paciência de preparar o beiju. Comiam rápido e logo partiam, temerosos e arredios.

Capítulo 2

Então, muitas luas depois, a floresta como que acabou numa curva, e chegaram a uma grande e barulhenta aldeia de ocas escuras com cipós entrelaçados... E, no maior susto e pavor, descobriram que ali morava o tão temido homem branco!

Daí foi uma surpresa atrás da outra...

Os homens brancos falavam uma língua estranha que eles não entendiam. Vestiam panos coloridos como se fossem para a guerra. Muito diferentes deles, que andavam nus.

Dentro das ocas onde moravam, havia coisas incríveis: um bicho que cuspia fogo, onde eles faziam a comida; um botão que chamava o deus da luz; e uma coisa mais incrível ainda: uma caixa que tinha pássaros cantando dentro dela. Quando viravam um botão, os pássaros iam embora. Viravam de novo e eles voltavam.

Os homens brancos deram comida para Thuya e seus companheiros. Depois os levaram para tomar banho numa oca pequena fechada com madeira.

Aí, aconteceu a coisa mais esquisita do mundo: a coisa cuspia água como cachoeira, mas a água era quente e aquilo roncava.

Matcha quis sair correndo, mas uma mulher segurou o braço dela, rindo muito, e até entrou debaixo da cachoeira para mostrar que não fazia mal...

Thuya sentiu um medo danado. Esse homem branco era muito poderoso, tão poderoso quanto os deuses. Ele tinha aprisionado o fogo, a luz, a água e até mesmo os pássaros da floresta. E ria muito, com os dentes amarelos, comia cananoa cozida aos pedaços e nem sabia fazer o beiju.

Tudo tão diferente...

Até que apareceu um homem branco que falava a língua deles. Tinha pelos no rosto e pitava um pito como o da tia velha. Em vez de dois, tinha quatro olhos, e os olhos de cima brilhavam quando a luz batia. Ele parecia tão gozado...

O homem branco olhou para a barriga de Thuya e ficou feliz da vida. Disse que era muito importante que o filho dela nascesse para continuar a grande nação guerreira... Que tinha sido uma sorte eles escaparem da floresta porque o homem branco ia mandar uma grande água que ia cobrir tudo, a floresta inteira, e nada poderia escapar de tanta água...

Então Matcha começou a chorar, porque o resto da nação ia morrer sob a água. Mas o branco de quatro olhos consolou Matcha e disse que ia mandar avisar, era só dizer onde ficava a aldeia dos últimos da nação.

Mas eles não sabiam; tinham andado à toa e chegado nem sabiam como à aldeia dos brancos.

— Então não tem jeito — disse triste o homem branco.

Ele parecia realmente triste e Thuya achou engraçado. Afinal, se o branco matava índio, não devia ficar triste daquele jeito, só porque um punhado de índios ia morrer.

Mas logo ele ficou alegre de novo e disse para Thuya que o filho dela iria nascer com a ajuda do pajé dos brancos, que faria tudo para ela parir sem dor, e que iam todos cuidar muito bem dela, do filho e dos parentes que tinham vindo com ela.

Então deram panos coloridos para eles vestirem, e mais comida e redes para dormir. Deram até uma das caixas que tinham pássaros dentro para Iawi, que ficou louco de alegria.

Um dia a caixa ficou muda. Nem virando o botão, nenhum pássaro cantava. Então o branco de quatro olhos fez uma mágica: abriu a caixinha e tirou umas pedras de dentro e botou outras. Mandou que Iawi girasse o botão de novo. E os pássaros tornaram a cantar, mais alto ainda.

O homem branco não sabe o que fazer para agradar Thuya e seus parentes. Cada dia ele aparece com uma novidade. É um mundo tão esquisito, tão cheio de mágicas.

Thuya porém não gosta de usar roupas, era muito melhor quando andava nua. Sente calor. As coisas que puseram nos seus pés apertam muito. Mas o homem branco diz que é bom, que é assim que ela e seus parentes devem andar dali por diante, porque estão na aldeia dos brancos.

No meio deles, Thuya se sente uma prisioneira. Não dá um passo sozinha, tem sempre alguém atrás dela como se a vigiasse. Nunca pensou que seu filho pudesse ser tão importante para o homem branco.

Expulsa da aldeia, com seu marido, a mãe e a tia velha, parece que encontrou um lar justamente com o inimigo. Isso não faz sentido na sua cabeça. Então esse é o homem branco que dizimou toda sua gente? Esse branco gentil, preocupado com seu filho, que dá comida e carinho para ela e seus parentes?

A cabeça de Thuya dá um nó e ela não consegue entender mais nada. Será que Matcha tinha inventado tudo aquilo? E a tia velha, Naquatcha, será que estava velha demais para contar as histórias da nação? Então por que eram tão poucos e viviam fugindo pela mata? De quê, de quem?

A criança mexe na sua barriga e Thuya sorri. Não vai pensar em mais nada. Vai esperar apenas que o seu filho nasça. Iawi está tão feliz; é um marido gentil. Não a recriminou quando soube que estava grávida. Ficou a seu lado, enfrentando com ela a ira da tribo. Depois a pegou pela mão e andou com ela todas essas luas, até encontrarem o homem branco que ela pensava ser uma fera bravia cheia de maldade, com um rosto de espírito mau da floresta. E no entanto...

Desiste de pensar e pega no sono, na oca onde mora com sua família. Tem um cheiro gozado essa oca, um cheiro que ela nunca sentira antes, que arde nas suas narinas acostumadas ao doce aroma da floresta.

Mais luas se passaram e a barriga de Thuya cresceu de vez. Ela está tão pesada que mal pode andar. O pajé branco veio e disse que a criança é grande. Matcha traz mais comida. Preocupada, pede que ela coma. A tia velha pita no seu pito de barro e não diz nada. Mais do que ninguém, ela espera pelo filho de Thuya. Viveu todo esse tempo à espera de alguma coisa. E a criança que vai nascer.

Madrugada, tudo escuro... Thuya acorda e, mesmo inexperiente, não tem dúvida: chegou a hora. Todo o seu ventre se contrai numa dor forte; a rede está molhada. Levanta devagar e sacode a tia velha que dorme a seu lado.

Naquatcha se levanta, silenciosa como um gato selvagem, abraça a sobrinha. E partem as duas sem avisar ninguém...

Capítulo 3

Junto ao rio, Thuya se agacha, de cócoras, em amoroso trabalho. A tia velha a segura pelos ombros, forçando a postura. A dor vai e vem em intervalos, e Thuya geme, resignada, olhando a correnteza a seus pés...

Finalmente, chegou a hora tão esperada. Desde o primeiro dia — em que ousara desobedecer à ordem da tribo gerando o filho —, até agora, quanta luta, quanto sofrimento! Expulsa de sua gente, tendo de conviver com o odiado homem branco que, no entanto, tratava ela e seus parentes de forma tão generosa.

Não sabe há quanto tempo está ali. A dor para de repente, e há um instante de paz. A tia velha continua forçando seu corpo para baixo...

Começa a amanhecer e uma luz rosada vai surgindo no horizonte, enquanto o barulho dos pássaros, na floresta, se torna ensurdecedor. Ela está tonta, embora a dor tenha dado um pouco de sossego.

Então... Uma força diferente, que ela nunca sentira antes, se instala em seu ventre e força a passagem da criança que vem, decididamente vem e sem retorno, como se todas as forças da natureza estivessem unidas no mesmo desejo, e do escuro túnel brotasse a luz, como o dia que nasce, glorioso, à sua volta...

Foi assim. Quando os brancos, preocupados, encontraram Thuya, ela já amamentava Putjawa — mãe e filha agasalhadas pelas folhagens molhadas de orvalho...

De volta às origens

Capítulo 4

Putjawa foi crescendo na aldeia dos brancos, uma linda criança muito amada por seus pais, pela tia velha e pela avó. Era a prova viva de que a grande nação não morrera totalmente.

Thuya, porém, sentia saudades da floresta de onde fora expulsa... e se preocupava porque a grande água ia vir, como dissera o homem branco, e nenhum de seus parentes poderia escapar; não sobraria mais ninguém...

Aí aconteceu uma grande alegria: uma expedição de homens brancos, que andava pela floresta, fez contato com seus parentes. E tentou convencê-los a mudar para um lugar mais seguro: a aldeia dos brancos.

Eles não queriam ir, de jeito nenhum. Eram nômades, viviam trocando de lugar. Também não confiavam no homem branco, nas suas palavras sempre mentirosas.

Daí os brancos falaram de Thuya e de sua pequena família, que agora morava na aldeia dos brancos. Disseram também que havia nascido uma menina chamada Putjawa, que ia continuar a nação.

O mais velho dos índios, que servia de chefe, a princípio não quis ouvir falar de Putjawa. Ela nem deveria ter nascido e, por isso, sua mãe, seu pai, a avó e a tia velha tinham sido expulsos da tribo. Mas as mulheres da aldeia ficaram entusiasmadas e começaram a chorar; não queriam morrer sem conhecer a menina.

O mais velho então disse que ia pedir o conselho dos deuses. Ele se internou na mata e sumiu por muitos dias... Ninguém sabia dele. Estava falando com os deuses da água, da terra e da luz. Só ele podia fazer isso.

Certa manhã, o velho voltou, e mandou recado para os homens brancos: queria falar com eles.

O tempo estava quase acabando... Os preparativos para a grande água estavam no fim... Os homens vieram e o velho disse assim:

— Os deuses falaram que não é justo que a grande nação se acabe. Não agora que nasceu uma criança, mesmo que ela tenha nascido na aldeia dos brancos. A gente vai viver tudo junto lá...

Foi um dia de festa. As mulheres arrumaram suas coisas, no maior burburinho. Todas sentiam saudades de Thuya e dos outros; a mãe de Iawi era a mais contente. Ia rever o filho e conhecer a neta.

O mais velho não parecia tão feliz. Mas ele sempre obedecia à vontade dos deuses, que falavam com ele na solidão da floresta. Então, se era vontade dos deuses, tudo estava bem.

Os brancos tiraram os índios da floresta e os levaram para a aldeia dos brancos. Lá eles se encontraram com seus parentes. Thuya ria muito vendo a curiosidade deles, igualzinho como fora com ela, quando chegaram por ali.

Mas não ficaram muito tempo. Os brancos arrumaram uma terra para eles. Disseram que, finalmente, poderiam viver sossegados, porque desta vez a terra era só deles.

O nome do lugar era reserva. Mas, mesmo tendo a floresta por perto, não era igual a antigamente. Ainda que fugindo de um lugar para outro, eram muito livres e podiam mudar quando quisessem. Agora era mais seguro, só isso, mas de certa forma sentiam-se prisioneiros do homem branco, que dizia para onde e quando deviam ir.

Porém já não podiam voltar, porque a grande água tinha vindo com toda a violência, como se o deus das águas tivesse enlouquecido... E contavam que ela tinha coberto tudo, até as mais altas árvores da floresta, e que os animais fugiam como loucos, para não morrer.

No lugar das matas, que eles conheciam tão bem, agora só havia a grande água... Na superfície, um ou outro galho de árvore mais alta aparecia, como que pedindo socorro.

Eles choraram muito quando souberam disso. Era como se a grande floresta, embaixo d'água, fosse alguém da família, um parente que tivesse morrido sem ajuda de ninguém... e a sua alma agora lutasse para subir à superfície...

Aos poucos, mal ou bem, vão se adaptando ao novo lugar. O mais velho da tribo está cansado; então resolve passar o comando da aldeia para Iawi. Iawi é jovem, talvez dê um bom líder. Desde que jure defender o seu povo até a morte, se for preciso.

O velho não confia nos brancos, aceitou vir porque no fundo, bem no fundo do seu coração, ainda tem esperança de que a nação não se acabe. Ele não entende direito como antes tinha querido coisa diferente, que não sobrasse mais ninguém; por isso proibira as mulheres de ter filhos. Mas agora, olhando Putjawa mamando no seio de Thuya, fica feliz porque ela desobedeceu à sua ordem. Talvez, no passado, ele não tenha entendido direito a vontade dos deuses, ou os deuses, quem sabe, mostrem caminhos pelo lado do avesso...

É que, no passado, viviam como andarilhos, nunca ficavam muito tempo num só lugar. Agora, quem sabe, poderiam ter uma terra só deles.

Mas, apesar das qualidades, Iawi também não é mais o mesmo. Usa calça *jeans* bem justa, botas de couro, colete sobre camisa de mangas curtas e chapéu de feltro. Passou muito tempo com os brancos, parece mais branco que índio; e não larga sua caixa de música.

O velho tem medo de que Iawi não seja um bom chefe, que mude muito os hábitos da nação. Mas não tem escolha. O que será de todos ali quando ele morrer? É preciso deixar alguém no seu lugar. Por isso indicara Iawi.

Os outros da reserva, porém, gostam das roupas de Iawi, pedem para ele arrumar mais. Como os brancos estão sempre ali, ele faz o pedido. Aos poucos, em vez de andarem nus, os índios vestem roupas desengonçadas, de cores berrantes.

Não são muitos; criança, por enquanto, só Putjawa. Em torno dela giram todas as atenções. As mulheres se revezam nos cuidados. Há quanto tempo não tinham uma criança entre eles! Ela é o ventre que irá continuar a grande nação; é como se as mãos dos deuses estivessem sobre sua cabeça.

Os hábitos também estão mudando... Já não usam tanto as palavras do próprio idioma, substituindo-as por algumas em português. Em vez de *cananoa*, dizem *mandioca*. Em vez de *oca*, falam *casa*.

Só Naquatcha, a tia velha, resiste à influência do branco. Ela não esquece o que fizeram no passado, com a sua família. Não gosta nada de estar perto deles. É só um sacrifício por Putjawa, que considera sua neta. Mas está feliz de voltar à floresta, ali é a sua casa.

Iawi tem planos maiores. Quer estudar, colocar a língua da nação no papel, porque os velhos não ensinam mais o idioma para os jovens. Naquatcha é uma exceção: perto de Putjawa, ela balbucia carinhosamente, ensinando a menina a falar. Passa horas contando histórias dos ancestrais. Putjawa sorri, abana as mãos, fica contente. Ela gosta da tia velha, pede o seu colo.

Parece que agora eles podem ser felizes. Não têm de viver como outrora, fugindo do homem branco, que não é tão ruim quanto parecia... mas o velho tem medo, e Naquatcha compartilha desse medo. O branco é como onça na escuridão: aparece quando menos se espera, rugindo, traiçoeira...

O branco que tem quatro olhos é o melhor deles. Tem carinho no olhar. Ele se preocupa com Putjawa, traz mágica para protegê-la dos maus espíritos. A mágica tem ponta de espinho, entra dentro do corpo. Putjawa chora, perde o fôlego, mas logo passa. Quatro-olhos acaricia a cabeça da menina, pega ela no colo. Parece bom.

Ele fala a língua deles, gosta de conversar. Se não fosse a cor da pele e dos olhos, quase que podia ser índio também. Diz que é para eles tomarem cuidado, se aparecer branco diferente ali na reserva.

Iawi pergunta: como é branco diferente? Branco é tudo igual, a única diferença é que uns têm dois olhos e outros têm mais dois por cima, que brilham quando a luz do sol bate neles.

Quatro-olhos tenta explicar: que os brancos que ele traz para a reserva são amigos, protegem os índios. Não querem que nada de mal aconteça com eles.

Mas há brancos na floresta que não são tão amigos. Querem uma coisa que dá nos rios e dentro da terra. Vieram de muito longe para isso.

— Que coisa? — pergunta Iawi, espantado. — O que pode ter na floresta que interesse tanto ao homem branco? Na floresta tem água com peixe, mandioca, fruta, tem bicho, uns servem para comer, outros não. O que pode interessar tanto ao homem branco, tão poderoso que fecha os pássaros numa caixa mágica? Que tem tanto poder quanto os deuses?

— É uma coisa valiosa — diz Quatro-olhos. — Que brilha, é amarela e dá muito por ali, como peixe nos rios ou mandioca na terra. E para conseguir essa coisa, que vale muito, o homem branco fica desesperado, e até mata!

— Ah, já vi essa coisa por aí — ri Iawi. — Mas não serve pra comer.

— Não serve pra comer, não — confirma Quatro-olhos. — Serve pra comprar outras coisas, vale muito dinheiro.

Quatro-olhos cai na risada, com a cara de espanto de Iawi e dos outros. Ri da sua própria tolice. Como explicar o que é dinheiro, o que é comprar, para quem nunca precisou disso? A floresta, como grande mãe, dá tudo o que o índio precisa: água, comida, armas de guerra... penas para os enfeites, tinta para pintar o corpo.

Mas Iawi é muito esperto! Observa à sua volta. Ele já viu aquela coisa gozada que o homem branco chama de dinheiro. É como uma folha de árvore com umas caras pintadas nela. Talvez aquilo sirva para trocar por roupas e botas, por chapéus bonitos, por facão que brilha na luz, até por caixinha de música. E a outra coisa que brilha, e vive dentro da terra e dos rios, deve valer muitas dessas folhas...

— E por que agora a gente tem de ter medo do branco? — continua Iawi.

— Porque a coisa que brilha está aqui mesmo — explica Quatro-olhos. — Perto daqui, nos rios, até debaixo desta terra da reserva. E o branco não vai desistir enquanto não conseguir essa coisa...

Naquatcha, a índia velha, se aproxima. Ouve a conversa. Ela se arrepia toda. Conhece de cor essa história, que é muito antiga.

— Lembra que eu contei, Iawi? Das pedras douradas que moram na terra e dentro do rio? Vai começar tudo de novo, eu sabia...

Naquatcha se encolhe embaixo de uma árvore e fica cismando... Será que não existe um lugar onde não haja pedra dourada que atice a cobiça do homem branco? Por que o destino deles tem de ser sempre o mesmo? Morar perto dessas malditas pedras, que ela nunca entendeu direito pra que servem... mas devem servir pra muita coisa, senão o homem branco não faria tanta desgraça por causa delas.

Matcha também está assustada! Já não aguenta tanto medo. Parecia tudo tão tranquilo, ali na aldeia. Ela até se deixara enganar, pensando que o branco pudesse mudar, a onça feroz tivesse se transformado num deus protetor. Mas se começasse tudo de novo, que seria dela e dos seus parentes? O que seria de Putjawa, tão pequena e indefesa?

Iawi deu agora nova ordem para a tribo: quem quiser ter filho, que tenha. Muitas mulheres já passaram da idade, mas outras ainda podem conceber. Logo algumas ficam prenhas...

Cada barriga que desponta é uma festa! As grávidas desfilam, importantes, enquanto a tribo ri, satisfeita. Thuya lembra de como sofreu para esconder sua barriga, mas não guarda rancor, está contente de que outras mulheres tenham a mesma alegria que ela.

O tempo vai passando... e crianças começam a nascer... Cada nascimento é uma grande festa! Quatro-olhos fica tão feliz que até parece ser filho dele. Diz que precisa nascer muita criança para a nação não se acabar nunca... para eles se transformarem de novo numa grande nação como eram no passado.

Quatro-olhos é um sonhador, fica imaginando tanta coisa! Mas gostam dele porque é carinhoso com todos. Ele contou que vive há tanto tempo com os índios, que agora não se acostumaria mais com a aldeia dos brancos de onde veio. Uma aldeia tão grande, mas tão grande, que precisa muitos dias para se conhecer inteira; onde há grandes barcos que levam uma porção de gente dentro. Só que esses barcos andam na terra, não na água, e são movidos por uma coisa amarela que também sai de baixo da terra, como as pedras douradas; e vale muitas folhas com caras pintadas... e que por essa coisa amarela, tão preciosa, que move os barcos, o branco também é capaz de tudo!

Iawi pensa muito sobre isso, mas cada vez ele entende menos... Pra que o homem branco quer tantas folhas com caras pintadas? Pra comprar mais coisas. Mas pra que o homem branco precisa de tantas coisas? Se ele tem roupa, bota e chapéu de pele dos bichos, se ele tem água e comida, pra que ele quer mais coisas? Claro que ele gosta da caixinha de música, mas de quanto mais afinal o branco precisa?

Quatro-olhos tenta explicar: diz que tem barco menor que os outros, que o branco compra para passear com seus parentes, que moram na mesma casa que ele, a mulher e os filhos. Então o branco precisa de dinheiro para comprar o tal barco, que eles chamam de carro, além da coisa amarela que faz o barco andar.

O homem branco não faz como o índio, que tira comida e água da floresta. Ele vive em aldeias onde a comida e a bebida também são compradas, numas grandes ocas chamadas mercados.

— E as armas de guerra, o branco também compra? — quer saber Iawi.

— Essas são os chefes deles, os caciques, que compram — diz Quatro-olhos. — E vivem brigando entre eles, guerras muito longas onde morre muita gente...

— E que mais o homem branco compra? — quer saber Iawi.

— Tanta coisa — suspira Quatro-olhos. — Das pedras douradas eles fazem enfeites que também são comprados, em ocas bonitas, chamadas lojas.

— O que mais? — insiste Iawi, imaginando aquela aldeia dos brancos, onde tudo se compra, com as folhas pintadas... parece tão engraçado!

Quatro-olhos não para de falar e Iawi fica cada vez mais entusiasmado. Quanta coisa o homem branco pode comprar! É como se a aldeia dele, de alguma forma, fosse também a floresta, cheia de plantas e bichos diferentes, um sem-fim de coisas mágicas. Agora Iawi entende por que o homem branco quer tanto as pedras douradas que crescem no rio ou dentro da terra. Com elas, eles são chefes nas aldeias deles.

— E de quem é a pedra dourada? — pergunta a Quatro-olhos, com uma ideia surgindo em sua mente.

— Se está na terra do índio, devia ser do índio — responde Quatro-olhos. — Mas o grande chefe, dos brancos, lá na aldeia maior, diz que é dele, da nação dele. E os garimpeiros, os que vêm procurar a pedra dourada, também dizem que é deles. Por isso o índio precisa tomar cuidado.

Quatro-olhos está preocupado, Iawi percebe isso. E como líder da aldeia, alerta os outros, passa uma ordem severa: ninguém se aproxime do branco desconhecido, fora os brancos que eles já conhecem, que aparecem sempre por ali.

Mas não é tão fácil. Os homens brancos, à procura das pedras douradas, já tinham chegado há algum tempo. Há notícias de que estão revolvendo o grande rio, ali perto. Parece que encontraram as pedras douradas que tanto procuravam. E estão jogando no rio uma coisa esquisita, que eles usam para limpar as pedras douradas.

Naquatcha sabe muito bem como é isso; a história sempre se repete. O branco chega com a sua ambição e envenena os rios... Então os peixes morrem e os índios ficam sem água e comida. Como se fosse um destino do qual, por mais que quisessem, nunca pudessem se livrar...

Capítulo 5

Certo dia, as mulheres que trabalham na roça de mandioca voltam correndo, alvoroçadas, agarrando forte as crianças. O velho vem ver o que aconteceu, até Naquatcha abre os olhos, acordando da dormideira embaixo de uma árvore.

— Tem branco estranho lá! — dizem as índias, apontando para a floresta.

O velho manda chamar Iawi, aquele é assunto para o chefe resolver. Infelizmente Quatro-olhos está longe. Ele saberia dizer, com certeza, quem são aqueles brancos. Coisa boa não deve ser, senão ele não teria prevenido Iawi e seus parentes.

Iawi faz o que todo chefe faria: chama os outros homens da tribo, mais o velho, e, juntos, resolvem espiar o lugar na floresta onde as índias viram os estranhos. O roçado é perto, logo chegam lá. Escondem-se atrás das folhagens, tentando ver alguma coisa. Adiante avistam uma estrada bem limpa, onde um pequeno grupo de brancos — muitos com pelos na cara, como Quatro-olhos, calças curtas, alguns sem camisa — empurra umas caixas que parecem pesadas, empilhando-as no lugar onde a estrada fica mais larga.

De repente, um barulho esquisito. O velho olha para o céu: é como se o deus da água estivesse muito bravo e mandasse o trovão roncar o mais forte possível.

Mas não tem cheiro de chuva e só uma brisa suave mexe as folhagens. Iawi dá um grito: do céu, vem descendo um grande pássaro que eles nunca viram na vida... Parece um monstro voando sobre suas cabeças... Eles se agacham, apavorados, tapam os ouvidos, mas continuam olhando.

Veem quando o pássaro pousa ali na estrada. Os brancos correm até ele e começam a encher sua barriga com as caixas pesadas... Logo depois o grande pássaro, satisfeito, alça voo novamente, trovejando no céu.

Não demora muito, desce outro pássaro igual e faz a mesma coisa. Engole uma porção de caixas e volta para o céu...

Iawi e os outros voltam para a aldeia, cheios de perguntas sem respostas. O que será tudo aquilo? Pra que serviriam os grandes pássaros engolidores de caixas? E o que teria dentro das caixas?

Quatro-olhos demora para voltar e eles estão muito curiosos. Matcha conta que os estranhos também viram as índias e até chamaram por elas, mas todas fugiram com medo.

Iawi rola na rede, cheio de curiosidade. Aqueles brancos devem ser os tais que Quatro-olhos falou pra ficar longe. São mesmo bem diferentes; têm uma pressa danada de encher a barriga do grande pássaro que desce do céu. Ele sempre tinha ouvido falar que homem branco não presta, mas Quatro-olhos por acaso não é bom? Não foram bons os outros quando os acudiram depois de expulsos da tribo? Por que esses homens estranhos também não podem ser bons? Quatro-olhos pode estar enganado. E se eles chamaram as índias é porque queriam conversar, ter amizade. Que tal falar com esses brancos, que alimentam pássaros que parecem deuses? Mas comem nas mãos deles como filhotes da floresta?

Depois eles estão tão perto! Uns poucos passos da roça de mandioca... É só afastar a folhagem que dá de cara com eles. Que mal pode haver, ainda que Quatro-olhos tivesse pedido o contrário?

Iawi veste sua melhor roupa e chama os companheiros. Não quer mulher na comitiva; é uma tarefa de guerreiros. Pisa forte na trilha que leva à roça de mandioca. Ele nem lembra mais do tempo em que falava cananoa. Está gostando demais do homem branco, sempre uma caixa de surpresas. Quem sabe até convide Iawi para ver de perto os pássaros prateados, como lua no céu.

Iawi e os outros cruzam tranquilos a distância que os separa dos brancos. Ainda estão por ali, ou seriam outros? São todos parecidos, cabelo e barba compridos, muitos pelos nas pernas e braços, diferente do índio. A pele do índio é como de criança, sem pelo nenhum.

Os brancos se sobressaltam quando veem o grupo chegar. Meio que recuam. Iawi fala alguma coisa em português, coisa pouca, é verdade, mas dá para o cumprimento; no mais, se faz entender por gestos.

Os brancos estão surpresos, disfarçam. Percebem que os índios vêm em paz. Logo mais se aconchegam, oferecem uma água que índio nunca bebeu — água que queima. Iawi tosse muito, fica esquisito, mas gosta, repete.

No meio da conversa, o trovão novamente... E outro grande pássaro desce do céu, nuvem prateada. Iawi fica perto da "coisa", sente o coração pulsar mais forte no peito. E pergunta, no pouco que ele sabe da língua do homem branco:

— Qué qué isso? Qué qué isso?

Os brancos riem, alguns não têm todos os dentes, e os que restam são amarelos de fumo. Levam jeito de maltratados, a aparência cansada, a vida ali é dura, no meio da mata. Mas ainda sabem rir:

— É avião — dizem —, pra levar o minério.

Iawi faz cara de bobo: qué avião, qué minério? Daí dá um estalo na sua cabeça: será que aquele bicho engole as pedras douradas que os homens tiram dos rios e da terra? Daí leva pra bem longe, pra grande aldeia dos brancos?

Iawi se assanha com a descoberta, pede mais água que queima. Sente-se todo importante entre os homens brancos. Fica meio embriagado, uma moleza pelo corpo, só quer deitar como jacaré na beira d'água, molengando por ali, sem sair nunca... Que coisa boa deram pra ele!

Iawi fica tempo entre os brancos, tentando conversar e vendo o grande pássaro que vai e volta, sempre com fome. Quando cansa se despede, volta para a aldeia. Mas antes

convida o chefe dos brancos pra fazer uma visita. Aponta a direção, com gestos ensina o caminho... Ganha um facão do outro chefe e fica muito feliz. Vai ser bom ter tanto homem branco como amigo, Quatro-olhos vai ficar satisfeito!

Mas Quatro-olhos fica bravo quando sabe, passa uma descompostura nele e nos outros. Diz que Iawi fez muito mal de convidar o tal chefe para visitar a aldeia, que ele só vai trazer problemas.

— Que problemas? — pergunta Iawi, desapontado.

— Todo tipo de problemas — diz Quatro-olhos. — São garimpeiros, homens rudes, há muito tempo na mata. Devem estar doentes, vão querer brincar com as mulheres...

"Quatro-olhos é muito exagerado", pensa Iawi. "Está com ciúmes do outro branco porque ficou tão amigo dele."

Quatro-olhos não pode ficar muito por ali, tem de ir embora. Deixa ele falar. Quando estiver sozinho, Iawi vai continuar amigo do outro chefe, que deu aquela água tão ardida... que dá uma moleza tão boa, mas tão boa... pena que não tem mais.

Capítulo 6

Iawi está cada vez mais entusiasmado com o homem branco que Quatro-olhos chama de garimpeiro. Ele até convidou Iawi e o velho para ir lá no lugar onde nascem as tais pedras douradas, chamado garimpo.

O grande rio agora está cheio de uns bichos esquisitos que têm bocas enormes. Os bichos estão sempre com fome e comem a areia do fundo do rio. É nessa areia que estão as pedras. Então, para conseguir elas, eles usam também a coisa que mata o rio...

Coitados dos garimpeiros: trabalham desde que o dia amanhece até o sol se pôr. Levam uma vida dura. É como se as pedras douradas fossem a razão da vida deles... Contam tudo a Iawi, que consegue entender mais ou menos. De como vieram de longe, deixaram todos os seus parentes pra viver no meio da mata, picados de mosquitos, com medo de bichos como onça e cobra... Muitos estão doentes, mas nunca desistem.

Eles parecem bons, dão sempre água que queima. Outro dia, o que parece o chefe deles deu uma caixinha de música para Iawi, muito mais bonita do que a que ele ganhou de Quatro-olhos.

Iawi se sente importante, um grande chefe, amigo do homem branco que mora em barraca e também dorme em rede como ele. A primeira vez que provou da comida desse homem branco, teve dor de barriga, mas agora acostumou. Homem branco põe uma areia na comida que eles chamam de sal, e dizem que vem de longe, de uma grande água que Iawi nunca viu. Comida de índio é diferente, não tem sal. A do homem branco dá muita sede e gruda na língua.

O velho tem medo porque é muito velho. Naquatcha também olha ressabiada para esses homens brancos, que vieram até a aldeia conhecer os parentes de Iawi. Trouxeram muita comida, água que queima e foi um dia de festa! Iawi só não gostou muito quando quiseram brincar com as mulheres da aldeia, ficavam chamando elas para ir para o mato. Disse isso para o chefe deles, ele falou assim:

— Não liga não; é só bobagem deles...

Iawi não entendeu direito o que o outro quis dizer. Estava falando da liberdade que os homens tomavam com as mulheres, algumas eram casadas, podia dar complicação com os maridos.

O chefe dos brancos, porém, é simpático, deu mais água que queima pra Iawi. Até as mulheres tomaram e pediram mais. Ficaram todas alvoroçadas, rindo muito.

Depois, o garimpeiro veio com uma conversa mais séria: disse que eles queriam ser amigos dos índios e a tal coisa que jogavam na água do rio se chamava mercúrio... o único jeito de conseguir as pedras douradas. E se Iawi fosse bom para eles, ganharia muita comida, a tal "água" e até umas pedrinhas para comprar muita coisa.

Iawi ficou assanhado: quer dizer que ele podia ter tudo o que o homem branco tinha, quantas caixas de música ele quisesse?

— Muito mais que isso — disse o chefe dos brancos. — Tudo o que Iawi quisesse comprar no mundo.

Iawi agora fica pensando... De que tamanho afinal é o mundo? O mundo para ele era a grande floresta, onde, desde quando se lembra, vivia fugindo do homem branco. Isso foi antes. Será que o mundo é ainda maior que a grande floresta?

— Muito maior — diz sempre o garimpeiro. — O mundo vai muito mais longe que a floresta. Há aldeias e aldeias, com gente de todo tipo, de várias cores e línguas e muitos deuses.

Agora Iawi se lembra, Quatro-olhos já falou disso. Dá uma vontade louca de conhecer essas grandes aldeias, comprar um monte de coisas com as pedras douradas...

Mas o velho é contra, ele briga com Iawi. Diz que não fez dele um chefe guerreiro para se vestir com roupa de branco, pensar como branco. Que o outro está enganando Iawi, trazendo presente, essas besteiras de que índio não precisa.

Iawi se irrita, manda o velho calar a boca. Thuya fica aflita, onde se viu isso? O velho sabe das coisas. Ela também não gosta do branco, um até quis brincar com ela e ela fugiu dele.

Mas Iawi está cada vez mais mudado, fica ainda mais amigo dos garimpeiros. Gosta de ver eles tirarem as pedras douradas do grande rio. O velho diz que o coração de Iawi está virando coração de branco, que não serve mais para chefe da aldeia.

Quatro-olhos faz tempo que não vem, e o velho se inquieta. Talvez ele ponha um pouco de juízo na cabeça do chefe, que quase não para na aldeia, vive mais na aldeia dos brancos, volta carregado de comida e de presente.

A água do grande rio está ficando podre, cheira mal... É essa água que os índios bebem, que usam para fazer o beiju.

Primeiro são as crianças, depois os mais velhos. Têm diarreia, vomitam, passam mal. Quando Quatro-olhos finalmente aparece, tem de dar remédio para todos. Fica louco da vida, diz que os garimpeiros vão acabar matando os índios porque estão matando o grande rio.

Os peixes também começam a morrer, aparecem à tona, barrigas viradas pra cima... e o velho quase chora quando vê tanto peixe morto. Naquatcha murmura sozinha coisas que só ela entende. Mas não é boba, é muito esperta, sabe que alguma coisa vai mal.

Quatro-olhos vai embora, dizendo que vai denunciar tudo ao grande chefe que vive na aldeia maior... que aquilo não pode continuar...

O velho resmunga tanto que Iawi resolve também reclamar com os garimpeiros: a água do grande rio está pondo todo o mundo doente.

O chefe deles desconversa, se faz de coitado, diz que não tem outro jeito, as pedras douradas valem o sacrifício. Dá mais presente para Iawi, pede que ele tenha paciência.

Paciência? O índio nunca ouviu falar disso. Que é ter paciência? Será que pra ter as coisas do mundo, como o outro disse, precisa ver criança encorujada, sem vontade nem de comer ou brincar, lá na aldeia?

Mas o garimpo não para; ele não para nunca. Os bichos chamados dragas estão sempre com fome, cada vez mais comem a areia do fundo do rio. O grande rio vai virar um buraco sem fundo, a água vai apodrecer toda e cada vez mais os peixes vão morrer.

Iawi viu então uma coisa que ele nunca tinha visto antes: um dos garimpeiros para de trabalhar, cai no chão, pálido, coberto de suor... de repente começa a tremer, como vara verde quando o vento aumenta na floresta. Treme tanto que bate todos os dentes.

Os outros vêm acudir, dão água, mas ele quase não consegue engolir, os dentes cerrados. Dura um tempão a tremedeira. O homem fica largado no chão, abatido. Quando levanta, está tão fraco que mal pode andar, não se aguenta nas pernas.

— É a terçã — diz um dos garimpeiros. — Ele tá muito doente. Tem outros por aqui que nem ele. É um desgraçado de um mosquito que faz isso. A gente paga um preço muito alto por todo esse ouro...

Iawi arregala os olhos, então o nome da pedra dourada é esse... ouro? E por ele tantos homens estão dispostos a dar até a própria vida?

Capítulo 7

Quatro-olhos fica um tempo sem aparecer e as coisas mudam muito. O garimpo cresceu, está perto da aldeia e, pouco a pouco, a vida de todos se confunde.

Cada dia mais homens aparecem, na ambição de conseguir ouro. Na aldeia deles, dentro da mata, dormem em redes sob coberturas de lona que eles chamam de barracas, presas por estacas de madeira. Guardam suas coisas, restos de comida, em sacos plásticos, que atraem bichos famintos.

No garimpo chegam jovens brancas, de olhar triste, e, na disputa por elas, os garimpeiros até brigam. Às vezes, sai morte. Há também crianças, num regime de escravidão, que vão de lá pra cá fazendo serviços. Porque os garimpeiros não procuram ouro apenas no leito do rio, mas em toda parte, onde haja esperança de encontrá-lo. As crianças então cavam pequenos buracos, para facilitar o trabalho das dragas.

São como carreiras de formigas que vão destruindo tudo à sua passagem; homens ou crianças têm apenas um objetivo: encontrar ouro! No rio, nos barrancos, embaixo da terra... Aparecem muito na aldeia dos índios, estão sempre por ali. Algumas mulheres já aceitam brincar com eles no meio da mata. O velho fica furioso com isso. É como se a aldeia agora fosse a continuação do garimpo, não tivesse mais chefe nem dono, como terra de ninguém...

Iawi também vive lá na aldeia dos brancos, se sente igual a eles. Tá cansado de ver numa e noutra barraca, deitados nas redes, homens magros, ossos aparecendo sob a pele, olhos fundos, respirando com dificuldade. Numa fraqueza terrível.

Os homens têm olhar resignado e o índio não sabe o que dizer pra eles, só sente uma pena danada. Será que todos foram picados pelo tal mosquito que dá tremedeira?

Outro dia, um garimpeiro disse assim:

— Tem gente aqui nas últimas, que já nem consegue levantar da rede. Teve mais sezão que dente na boca, ou então tuberculose. Não dura muito, não. Se duvidar, é o fim de todos nós nesta maldita floresta...

Iawi acha esquisito o outro falar assim, parece que ele odeia a floresta. Ele é bobo, pensa. A floresta é boa, é como mãe. Ela dá tudo que Iawi e seus parentes precisam: água e

comida. Deixa até sua gente fazer o roçado de mandioca e colher depois da chuva. A floresta não tem culpa do mosquito que dá a tal tremedeira, ou dessa outra coisa que ele não entendeu direito. Foram os brancos, que vieram de longe para pegar o ouro, que tiraram o sossego da floresta; não é culpa dela, é culpa deles.

Ele fica até dividido com tanto pensamento junto na cabeça: será que o ouro também é uma espécie de deus, como o deus da água, da luz e da terra? Mas os deuses que ele conhece só fazem o bem. Será que o ouro é um tipo de deus traiçoeiro e ruim, que só faz o mal? Mas será que existe um deus assim?

O corpo de Iawi fica frio de repente, como se a vida tivesse secado dentro dele. Tem tanta coisa que ele ainda não sabe! E como chefe deveria saber! O velho tem muito ódio dos brancos, não adianta perguntar pra ele. Vai esperar por Quatro-olhos, quem sabe o amigo tenha a resposta!

Na aldeia as coisas também não vão nada bem. Seus parentes estão cada vez mais doentes. Têm diarreia, vomitam, estão sempre cansados, até urinam com dificuldade. Alguns começam a ter tremedeiras, que deixam o índio meio-morto por um tempão, largado na rede, gemendo baixo...

O velho diz que é tudo culpa do homem branco, daquele garimpo ali perto, que não vai sobrar índio nenhum pra contar a história da nação.

Mas a maioria deles gosta dos brancos, se acostumou a

ganhar comida, principalmente a água que queima, não passa mais sem ela. Quando acaba, Iawi tem de pedir mais.

Algumas mulheres gostam dos garimpeiros, ganham presentes deles: roupas, enfeites. Já nem querem se casar mais com índio, querem só ficar com o homem branco, que já tomou conta da aldeia, seduzindo a todos, com suas histórias fantásticas sobre o ouro.

Thuya está cada vez mais triste... Iawi mudou demais! Ela conta que foge do homem branco e ele nem liga. Está tão diferente de antes. Ela pensa igualzinho ao velho e à Naquatcha, que não gostam dos garimpeiros ali na aldeia, eles só fazem confusão. Tiram o sossego da tribo. É como sempre foi: o homem branco não traz alegria nem paz, só doença e tristeza. Como é que Iawi, sendo o chefe, não percebe isso?

De vez em quando um ou outro garimpeiro dá um pouco de ouro para Iawi, para ele comprar as coisas do mundo.

Ele guarda bem guardado, mas não sabe o que fazer com o ouro. Onde fica o resto do mundo para ele comprar as coisas bonitas como a caixa de pássaros?

Daí um garimpeiro chega e diz que tem as coisas do mundo, e troca o que Iawi ou os outros querem pelo ouro que ele mesmo deu.

"Então o mundo é ali mesmo", pensa Iawi. E não entende nada. Ele e seus parentes estão cheios de coisas dos brancos. Pouco servem ali na mata, mas os índios se sentem importantes. Igualzinho aos garimpeiros.

E o chefe dos brancos diz que quando Iawi for muito rico, tiver ganhado muito ouro, vai poder comprar aquela canoa grande que leva uma porção de gente, por terra, como lá na grande aldeia. Então Iawi vai ser um chefe de verdade!

O índio acha gozado, qué que ele vai fazer com aquela canoa? Mas nunca sobra ouro nenhum e as coisas que ele troca estão empilhadas num canto da sua maloca. De manhã, também ele começou a tremer, e ficou tremendo por um tempão na rede... batendo os dentes e sentindo o corpo queimar como se estivesse em cima de uma fogueira.

Ele nem conheceu o mundo e já pegou tremedeira do branco. E, como ele, um por um da aldeia vai caindo doente. Iawi manda recado urgente para o chefe dos garimpeiros: pra ele arrumar remédio.

Faz tempo que o mensageiro foi lá na aldeia dos brancos, mas não veio resposta. Será que Quatro-olhos também esqueceu deles? Faz tempo que não aparece por ali.

Tremendo como vara verde, Iawi pede para os deuses que alguém socorra ele e seus parentes enquanto ainda é tempo!

Capítulo 8

Finalmente, Quatro-olhos chega e fica desolado com o que vê à sua volta. Mas diz que já esperava por isso, e por sorte trouxe bastante remédio. Põe um espinho no braço de Iawi, faz ele engolir umas pedrinhas... e o índio melhora um pouco.

Putjawa não tem tremedeira, mas o corpo dela está coberto de manchas vermelhas, e arde em febre. Seus olhos não suportam a luz. Quatro-olhos diz que ela pegou sarampo. E pode passar para os outros da aldeia.

Ele cuida de Putjawa com uma dedicação de mãe. Ensina Thuya o que deve fazer. Naquatcha, a tia velha, não arreda pé, esqueceu até da dormideira. Fica velando, como um espírito bom, o sono da menina.

Quatro-olhos está bravo, nunca viram ele assim. Manda reunir todo o mundo da tribo, e Iawi levanta da rede. Ele é o chefe, precisa estar presente na reunião.

Quatro-olhos diz, muito sério: já denunciou tudo ao grande chefe lá na aldeia dele. Que logo vão chegar os guerreiros do grande chefe, pra tirar dali os garimpeiros, e impedir que o grande pássaro que engole as caixas de pedras douradas possa voltar... que ali é a terra do índio e os brancos precisam ir embora...

Algumas mulheres choram porque gostam dos garimpeiros e dos presentes que ganham deles. Os índios reclamam porque vai acabar a água que queima, os cigarros, o sal... e toda aquela comida! Mas Quatro-olhos fica bravo, diz que se continuar assim não vai sobrar nação nenhuma, que não adiantou nada Putjawa ter nascido, porque nem ela vai sobreviver.

O velho apoia, pensa igual. Depois, quem manda mesmo é o grande chefe branco, se ele decidiu isso, não podem fazer mais nada — ou podem?

— É para o bem de vocês — diz Quatro-olhos. — Vocês não confiam mais em mim?

Thuya ergue seus belos olhos escuros; eles estão cheios de lágrimas. Claro que ela confia nesse branco tão bom, que cuidou dela quando chegou amedrontada na aldeia dos brancos, fugindo dos próprios parentes que queriam matar sua filha antes mesmo de ela nascer...

Mas nem todos confiam, eles também mudaram muito. Os murmúrios continuam e até uma mulher diz que, se o garimpeiro de que ela gosta for embora, ela vai junto... O velho manda ela calar a boca, ela fica chorando baixinho...

Quatro-olhos olha em torno e não gosta do que vê: todos eles estão fantasiados de homem branco, numa mistura de roupa colorida, tão esquisitos que nem parecem mais índios. Falam um arremedo da língua nativa e do português. Faz tempo ninguém ensina às crianças a língua da nação, ninguém mais conta a história dos ancestrais.

Só Naquatcha. Mas ela é muito velha, vive dormindo à sombra das árvores, e quase não tem mais forças... O que será de todos eles, se os guerreiros do grande chefe não chegarem logo para expulsar os intrusos da terra que, por direito, é deles?

Os garimpeiros, por sua vez, estão preocupados, parece que adivinham tudo. Têm medo de perder o garimpo, pelo qual arriscam até a vida. Também deixaram parentes que dependem deles. Então, ficam por um tempo sem aparecer ali na aldeia.

Cheio de trabalho, Quatro-olhos não para. A maioria dos índios está doente; todos eles precisam de remédios. Acabou até o que ele trouxe, tem de dar um jeito de pedir mais.

Por milagre dos deuses, só o velho e Naquatcha não pegaram doença. São rijos, e não ficaram muito perto dos garimpeiros. Têm sorte e ajudam Quatro-olhos a cuidar dos outros.

Há muita tristeza na aldeia. Poucas mulheres ainda têm forças para se arrastar até o roçado da mandioca... A comida que os garimpeiros deram está acabando... As crianças choram nos braços das mães...

Eles apenas esperam...

Finalmente, certa manhã chegam os emissários do grande chefe branco. Descem do céu em pássaros barulhentos, que têm dois remos girando em cima deles, e trazem o vento junto. São guerreiros decididos, sabem o que fazer, e também têm um chefe, igual a Iawi.

Espantam os garimpeiros, que fogem pra dentro da mata. Colocam seus artefatos de guerra na estrada limpa, onde antes pousavam os pássaros engolidores das pedras douradas.

Quatro-olhos manda todos os índios ficarem na aldeia, conta um por um. Manda também as mulheres cuidarem bem dos filhos, pra que eles não entrem na mata. Porque vai acontecer uma coisa muito esquisita, quando os guerreiros terminarem o seu ritual de guerra.

Capítulo 9

É como se o grande deus da água tivesse enlouquecido, soltasse todos os trovões ao mesmo tempo. Nem Naquatcha, nem o velho, tinham ouvido barulho igual, apesar de serem os mais velhos da tribo.

O barulho esconde até os ruídos da floresta, o bramir da onça e a gritaria dos macacos. E o céu fica escuro com tanta fumaça...

— Terminou — diz Quatro-olhos, sorrindo.

O velho acena com a cabeça, concordando. Os outros não dizem nada, estão muito assustados. Os guerreiros brancos vão embora. Fica só Quatro-olhos, que dá mais remédio trazido lá da aldeia do fim do mundo.

Não aparece nenhum garimpeiro. Estão todos escondidos na mata, com medo e com raiva, esperando dias melhores.

— Acabou mesmo, tia? — pergunta Thuya para Naquatcha, embalando Putjawa, que ainda está muito fraca por causa do sarampo, embora as manchas vermelhas estejam quase sumindo do seu corpo.

Naquatcha não responde. Fica pensativa. Já viu tanta coisa na vida, que não acredita que tudo tenha acabado assim tão facilmente.

O homem branco é teimoso, na sua ambição pela pedra dourada; essa história é tão antiga! Mesmo destruindo a estrada deles, onde vinha pousar o grande pássaro sempre

com fome, quem garante que eles tenham desistido? O ouro continua ali, e por ele o homem branco faz qualquer sacrifício. Mesmo o de ir matando a si próprio e à floresta... O que dizer dela e de seus parentes?

O branco é esquisito, deixa sua família, sua aldeia, deixa tudo, em busca da pedra dourada. Embora não entenda esse desejo tão grande que toma conta do garimpeiro, Naquatcha sente pena dele. Porque cada um que morre da tremedeira na rede suja é um sonho que se acaba. Isso não é bom. Isso é triste. Porque atrás do sonho dele, tinha o sonho de tanta gente, dos parentes que ficaram no outro lado do mundo, esperando por ele.

O tempo vai passando... Quatro-olhos consegue salvar muitos índios. Outros, já muito fracos, morrem principalmente da tremedeira, como os garimpeiros. São enterrados num lugar sagrado, pra alma deles encontrar os seus ancestrais, onde moram os deuses.

Dizem que lá no garimpo também tem um lugar assim, onde enterram os brancos que morrem. Mas só eles sabem onde fica, não dizem quantos homens morreram, na ânsia de conseguir as pedras douradas que vivem nos rios e nos barrancos.

O velho se pergunta se fizeram bem em aceitar o convite do homem branco. Se não teria sido bem melhor ter ficado lá na floresta. Ainda que a grande água tivesse vindo e engolido tudo. De que adiantou salvar a sua gente para um destino ainda pior, o de morrer aos poucos, com as doenças que o homem branco passa para o índio?

Por que os deuses fizeram tanta questão que eles viessem? Deve ter sido por Putjawa. Ela, entre todos, precisa sobreviver. É o resgate da última esperança da nação... Do seu ventre talvez nasça, no futuro, um grande guerreiro, um chefe de verdade, que traga dignidade para a tribo, que não se venda tão facilmente, como Iawi, para o homem branco e suas palavras mentirosas.

A claridade vem da mata, quando o dia desponta. Enche a aldeia de luz. O grande deus aquece as suas criaturas, desde o índio que ainda dorme na rede até o menor bicho dentro da floresta.

Naquatcha acorda, e os raios de sol fazem arder seus olhos... Fica olhando as coisas à sua volta e pensa: "O que este novo dia vai trazer para meu povo? Quatro-olhos já partiu, para contar ao grande chefe o que aconteceu ali. Muitos morreram da tremedeira ou do sarampo que pegaram do homem branco; outros estão doentes da coisa que o garimpeiro jogou no rio, matando os peixes e apodrecendo a água".

Mesmo depois que os guerreiros brancos foram embora, os garimpeiros continuaram, escondidos, como bichos, dentro da mata. Parecia que não iam voltar mais... Mas será que algum dia os índios tornariam a viver em paz, plantando seu roçado de mandioca, pescando no grande rio, que ficaria limpo de novo, a água boa de se beber? Um dia em que o pesadelo finalmente acabasse, e eles pudessem começar tudo de novo, junto da mãe-floresta, que sempre deu ao índio tudo o que ele precisa.

Porque Naquatcha sabe bem, sempre teve certeza, que o

índio não precisa de nada daquelas porcarias que homem branco traz, desde caixinha de música, até os dois olhos a mais, como Quatro-olhos usa.

"Índio", pensa Naquatcha, "precisa é de sossego na terra dele, com o roçado dele, com muita mata para ir e vir, caçando e pescando quando precisa, conversando com seus parentes, das outras aldeias... Longe do branco, mas muito longe..."

Ela tem saudades de antigamente, quando eram índios de verdade. Andavam nus, sem essa tralha de panos dos brancos. Viu Iawi? Usa bota e chapéu de pele de bicho, camisa e colete, nem parece mais índio, quanto mais chefe de aldeia.

O que vai ser de Putjawa quando crescer? Foi uma esperança tão grande, é uma esperança ainda, mas o que vai ser dela no futuro? Será que restará alguém quando ela ficar moça e puder procriar? Dói no coração da índia velha ter de enfrentar a verdade: eles deixaram de ser a grande nação, eles são agora apenas um punhado de índios doentes, vestidos com roupas coloridas, e cheios de medo...

Como é fácil para o branco chegar e tomar conta – como fizeram os garimpeiros –, trazendo comida, água que queima, que até ela experimentou, mas não gostou muito porque ficou largada na rede, como cobra que engole bicho e depois fica digerindo num galho de árvore...

Os garimpeiros davam as pedras douradas para Iawi e os outros índios; e eles se vendiam fácil por aquelas malditas pedras, que só servem pra trocar por porcaria... Motivo de discórdia entre os parentes.

Naquatcha está velha, sente isso nos seus ossos cansados. Perdeu a conta dos anos que tem. Nasceu num tempo de guerra, quando o índio enfrentava o homem branco, resistia ao seu poder, e os grandes deuses da floresta eram bons e protetores, embora nem sempre eles fossem os vencedores.

Mas havia uma diferença: o branco era o inimigo e ninguém se deixava enganar por ele. Todo guerreiro que se prezava sabia que, um dia, cedo ou tarde, teria de enfrentar o branco que, de alguma forma, vinha para torná-lo escravo.

Um pensamento só, como se a grande nação fosse um único corpo, com uma só cabeça: o chefe! E ele era o maior guerreiro, o mais sábio, o que decidia o melhor para a tribo.

E ninguém duvidava dele, porque era ponto de honra que ele agisse assim.

O pai de Naquatcha foi um grande chefe, que por muito tempo liderou a nação: ele andava nu e se pintava, igual ao jaguar, para a guerra. Não havia dúvida alguma em sua cabeça. O branco era o opressor, aquele que devia ser combatido.

Eram tempos de guerra, mas o índio tinha dignidade. Não se preocupava em ganhar porcarias dos homens brancos e, mesmo quando ganhava, não dava muita importância, estava mais preocupado com a sua liberdade, em nunca ser escravo de ninguém.

Naquatcha quase chora quando pensa nos novos tempos. É isso então — será que eles merecem um chefe como Iawi? O velho errou muito ao dar o cargo para ele. Iawi também descende de chefe, mas é muito diferente do que foi seu avô: ele é um mendigo que as pedras douradas fizeram escravo, igualzinho aos garimpeiros, que deixaram seus parentes para viver na mata, que se tornam brutos por causa do ouro.

Iawi perdeu muito mais: ele perdeu a sua identidade. Não é branco, mas também não é mais índio. Ele não é nada!

Naquatcha levanta da rede e se arrasta até o lugar onde as almas dos índios mortos se encontram com as almas dos seus ancestrais. Quer tirar um pouco de força do lugar, aquecer seus ossos cansados.

O sol ilumina toda a aldeia, e os índios um por um vão acordando; logo crianças aparecem no terreiro, e mulheres se preparam para ir ao roçado da cananoa...

É a vida recomeçando cedo, sob o deus protetor da luz, apesar de todo o sofrimento, de tanta doença, da falta de esperança...

De longe, Naquatcha escuta, afia os ouvidos; ela ainda ouve bem. Sentada embaixo da grande árvore que vela o sono dos que já partiram, ela fica sonhando...

Sonha com um tempo futuro, o grande rio correndo largo e profundo, sua água limpa e boa, onde as crianças mergulham, como peixes, em algazarra...

Sonha com o roçado amadurecido ao sol, dando a cananoa para fazer o beiju. Os gritos dos pássaros na mata, e a alegre confusão do bando de macacos, pulando de uma árvore para outra, comendo as frutas silvestres...

Sonha com os homens da tribo novamente guerreiros, pintados de urucum, se preparando para a guerra, e, à frente deles, o filho de Putjawa, o maior de todos, o mais corajoso, que não se deixa vencer nem pelo medo, nem pela desonra...

Sonha com as mulheres bojudas, barrigas altas, prenhas da vida que vai continuar a grande nação, até o final dos tempos, enquanto os deuses quiserem que eles habitem a terra sagrada dos ancestrais...

Esse sonho é tão bom que Naquatcha ri sozinha, como se estivesse chupando favos de mel. Está velha, velha demais, mas ainda sabe sonhar.

Uma formiga passa por ela carregando uma folha maior que seu próprio corpo. Naquatcha olha e lembra do garimpeiro, daquele branco estranho, sempre coberto de lama do fundo do rio, que deixou seus parentes lá no fim do mundo pra conseguir as pedras douradas. Ele também tem um sonho, pena que o sonho dele traga tanta maldade para o seu povo, que destrua uma nação inteira...

Ela se dá conta de que, ali perto, ficava a estrada dos garimpeiros, que os guerreiros brancos destruíram. Será impressão sua, ou escutou um barulho vindo dali, algumas vozes...

Mas seus ouvidos nunca lhe enganaram, não será dessa vez. Naquatcha se arrasta, no limite de suas forças, até o lugar de onde vem aquele som confuso. Escondida entre as folhagens, quase não acredita no que seus olhos estão vendo: qual um mutirão de formigas carregadeiras, lá estão de volta os garimpeiros, com enxadas, pás, limpando tudo, como num roçado cheio de ervas daninhas...

Um clarão passa pela cabeça de Naquatcha: eles estão fazendo de novo a grande estrada que os guerreiros brancos destruíram. Voltaram para ficar; logo mais, assim como a noite vem depois do dia, quando o deus da luz vai dormir, os pássaros famintos estarão de volta para levar na barriga as caixas cheias de pedras douradas, que os garimpeiros vão continuar tirando do fundo do rio e dos barrancos...

"De novo", pensa Naquatcha, "de novo... Podia vir Quatro-olhos e denunciar tudo ao grande chefe, lá na aldeia do fim do mundo... Podiam vir os guerreiros brancos, nos pássaros barulhentos que traziam o vento junto..."

Os garimpeiros voltarão sempre, porque jamais desistirão do sonho deles. E o rio continuará podre, os peixes morrendo. Assim, mais índios partirão para a terra dos ancestrais, por causa da febre que dá tremedeira, da diarreia, dos vômitos, do sarampo, das doenças que os brancos passam para as índias que brincam com eles dentro da mata...

O peso dos anos que já viveu desaba de uma só vez sobre ela; nem sabe como volta até a sombra da árvore, no lugar sagrado...

Está muito velha, cansou de lutar. Olha o céu, onde o sol está quase a pino, mostrando o seu poder. O deus da luz em toda a sua majestade!

Naquatcha se encolhe sobre si mesma, o mais que pode, vira um feto de volta às origens. Aspira o perfume da mãe-terra, amorosa e morna, que dá as flores que as abelhas beijam para fazer o mel.

E, embalada pelo seu sonho — canto de guerra da grande nação —, ela, finalmente, pode ser livre!

Este livro foi composto em Avenir e Rotis Serif e
impresso em papel Offset 90g/m^2.